JN090443

—こん坂さのぼりきったら—

俳句　油布 晃（ゆふ あきら）
表紙字　辻岡 快（つじおか かい）
表紙絵・挿絵　早川 和（はやかわ たかし）
挿絵　髙山 奉子（たかやま ともこ）
本文掛け合い　古田 恵美子（ふるた えみこ）

銀の鈴社

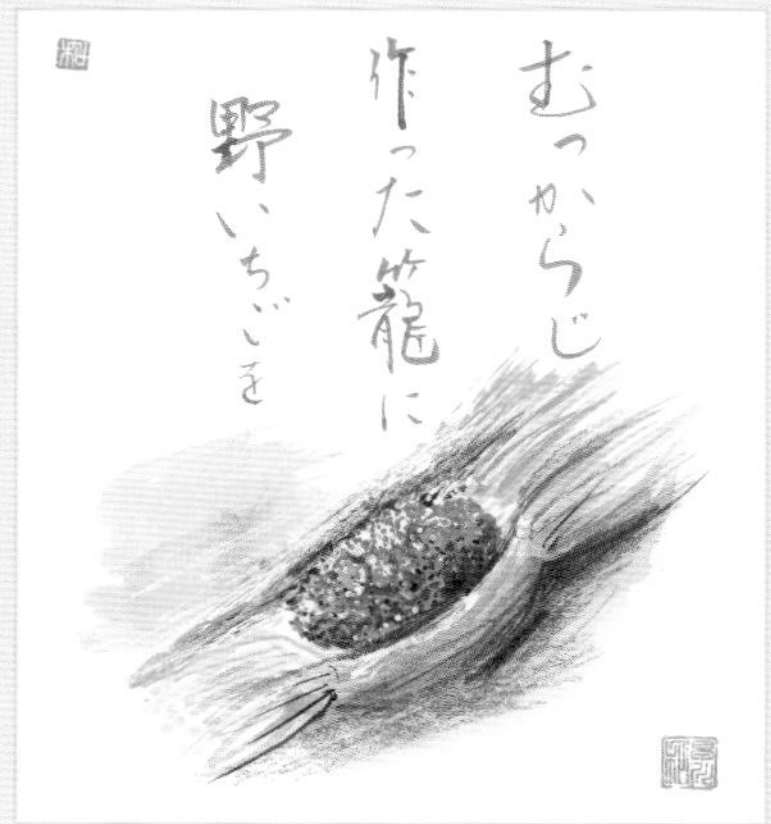

本文14頁

本文18頁

本文21頁

本文29頁

本文44頁

本文45頁

本文50頁

本文57頁

本文60頁

本文62頁

この句集の読み方（9ページの句で説明します。）

喜多ちいう教え子からん年賀状　→　これが大分弁俳句です。

喜多という　教え子からの　年賀状　→　これが標準語の俳句です。

令和4年2月3日作　→　これがこの句を作句した日付です。「掲載」と書かれているのは、毎日新聞の大分版に掲載された日です。

おめでてえ姓じゃなあ！

→　古田恵美子さんによる掛け合い（ツッコミ）です。ここで句の意味がすぐに分かるようにしてみました。

もくじ

夏

秋

新年

印刷ん賀状ばかりじせちいなる
印刷の　賀状ばかりで　嫌になる

手書きん温もりが
欲しいわぁ！

令和4年1月25日掲載

喜多（きた）ちいう教え子からん年賀状
喜多という　教え子からの　年賀状

おめでてえ姓じゃなあ！

令和4年2月3日作

数の子ん音んするきいうめぇんで
数の子は　音がするから　美味（おい）しいよ

コリッ　コリッとな！

令和4年1月18日掲載

おちょぼ口ん門松（かどまつ）あっち笑わする
おちょぼ口の　門松があって　笑わせる

令和4年1月27日掲載

門松ん竹ん切り口よう笑う
門松の　竹の切り口　よく笑う

令和4年1月28日掲載

元旦（がんたん）の故郷（ふるさと）ん山ありがとう
元旦の　故郷の山　ありがとう

令和4年1月29日作

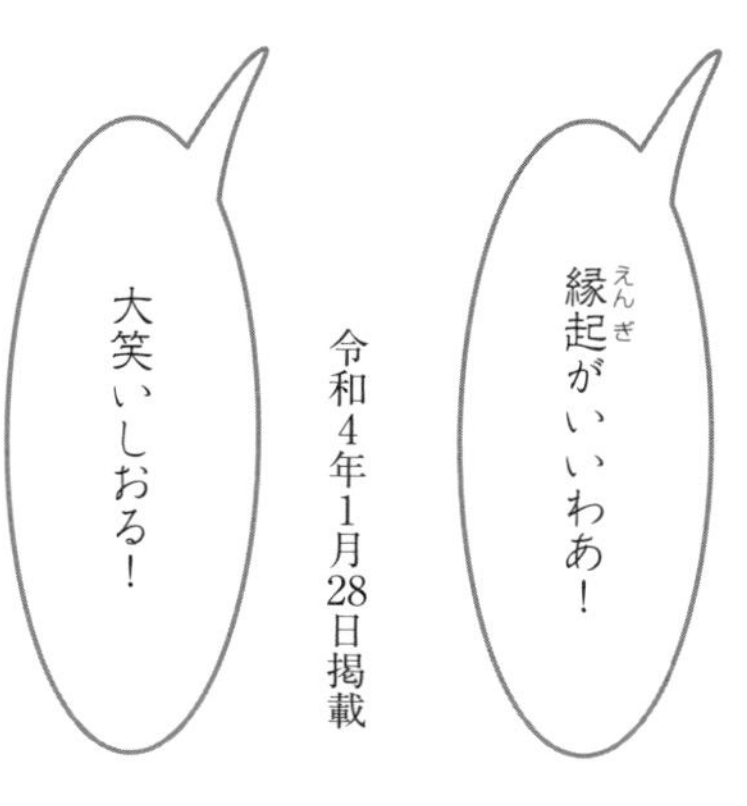

正月じ天気んいいじふが良かった

正月で　天気が良くて　運が良い

令和4年1月30日掲載

本当や！　運がいいわあ！

どんど焼(や)きどんどんくべちどんと燃(も)え

どんど焼き　どんどんくべて　どんと燃え

令和4年1月31日掲載

無病息災(むびょうそくさい)を祈らんとなぁ！

初阿蘇(はつあそ)ん上ん雲たちおめでてえ

初阿蘇の　上の雲たち　おめでたい

令和4年1月18日作

初景色(はつげしき)天使(てんし)ん階段(かいだん)登(のぼ)りおる

初景色　天使が階段　登ってる

※「天使の階段」は、雲の切れ間から光がもれ、光線の柱が放射状に地上へ降りそそいで見える現象の俗称(ぞくしょう)。天使の梯子(はしご)・レンブラント光線・チンダル現象。

運がいいわあ！

令和4年1月19日作

日の初め餅膨(もちふく)らんじただ嬉(うれ)し

日の初め　餅膨らんで　ただ嬉し

※「日の初め」は元旦(がんたん)のこと。

令和4年1月4日作

春

むっからじ作った籠(かご)に野(の)いちごを

麦藁(むぎわら)で　作った籠に　野いちごを

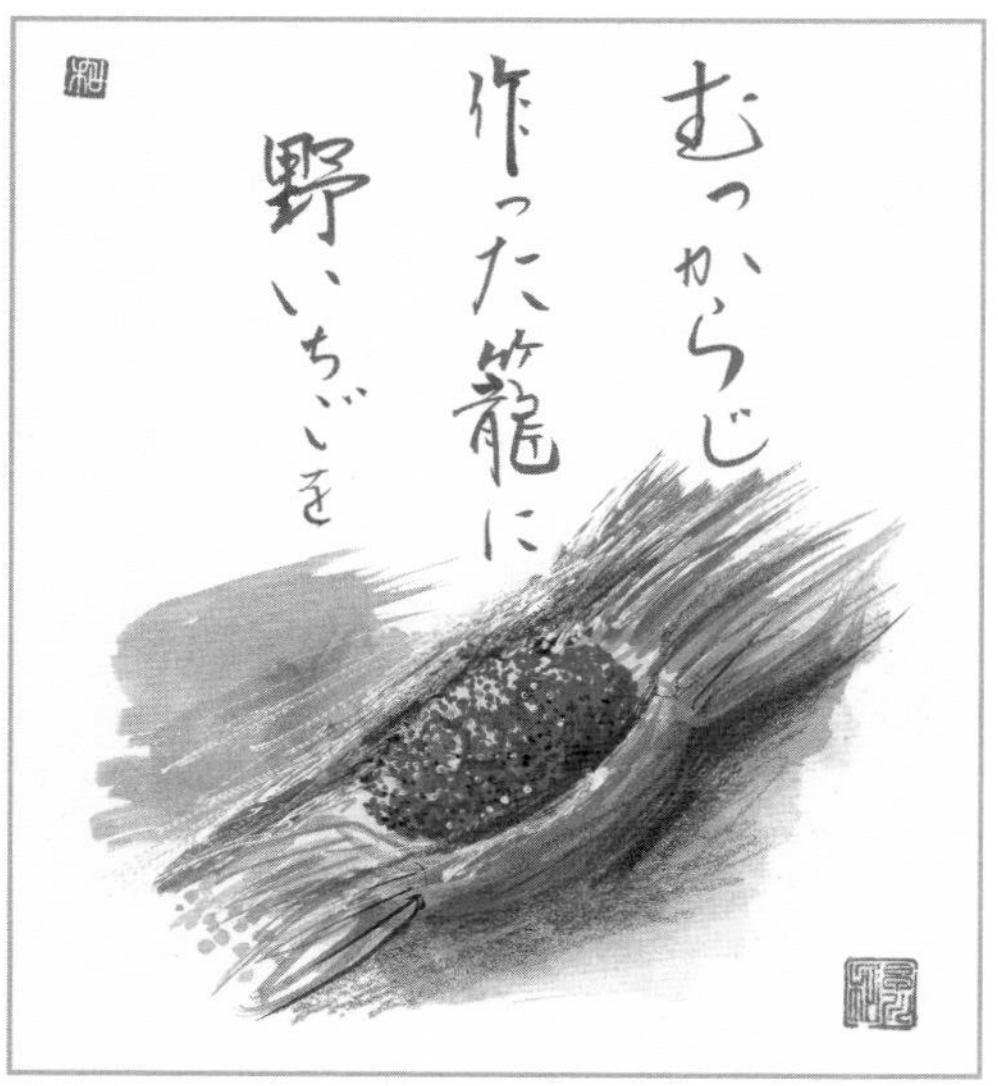

令和4年4月29日掲載

手作りがいいなあ！

春

卵焼(たまごや)き食(た)べ比(くら)べしち遠足子(えんそくし)

卵焼き　食べ比べして　遠足子

令和3年3月29日掲載

私(うち)ん勝ちじゃ！

踊子草(おどりこそう)総出(そうで)じ躍(おど)る民話村(みんわむら)

踊子草　総出で躍る　民話村

令和5年4月19日作

楽しそうじいいなあ！

月(つき)おぼろ谷(たに)ん向(む)こうん灯(ひ)もおぼろ

月おぼろ　谷の向こうの　灯もおぼろ

令和4年4月5日掲載

和(なご)むきなあ！

どべでんが走りきったき風光る

最後でも　走りきったから　風光る

※別府大分マラソンの出場選手を励ます句です。

優秀賞

評　季語は「風光る」。「どべ」は「最下位」という意味の大分弁。市民ランナーも走るマラソン。きらきらと輝くような春風に、ゴールしたからこその達成感がよく表れています。

（選者　宮崎和恵　評）

令和5年1月28日掲載

どべでんいいんで！

もう起きなイケンイケンち雉ん啼く

もう起きな　イケナイイケナイと　雉が啼く

令和3年4月6日掲載

寝坊助や〜い！

紫んあげな高えとき桐ん花

紫の　あんな高い所　桐の花

令和3年5月3日掲載

高貴ん花やなあ！

実は渋い甘え香んする茱萸ん花

実は渋い　甘い香のする　茱萸の花

令和3年3月4日掲載

グミは渋いきな！

紫木蓮チャイナ服んごつ割れちょるで

紫木蓮　チャイナ服のように　割れてるよ

令和4年4月7日作

美女んじょうや！
じょう＝ばかり

下手じいい娘ん弾くピアノ沈丁花

下手でいい　娘の弾くピアノ　沈丁花

令和4年4月10日作

可愛いき　いいんじゃ！

日輪（にちりん）をまっぽし浴（あ）びち朱木蓮（しゅもくれん）

日輪を　真向かいに浴び　朱木蓮

まっぽしなぁ！

令和4年4月12日掲載

紫(むらさき)ん弾(はじ)け弾けち花蘇芳(はなすおう)

紫が　弾け弾けて　花蘇芳

令和4年4月26日掲載

巻(ま)き寿司(ずし)に芹(せり)ん香入れち隣(となり)へと

巻き寿司に　芹の香入れて　隣へと

令和4年3月15日掲載

妻(つま)からは「いらん」ち言(い)わるる蕨(わらび)です

妻からは　「要(い)らない」と言われる　蕨です

令和4年4月13日掲載

手を取るきなあ！　いらんわ。

忘れんじ生きちいかなあ卒業歌

忘れないで　生きていかないと　卒業歌

令和4年4月27日掲載

励ましちくるるきなあ！

あん山んきっと向こうも竹ん秋

あの山の　きっと向こうも　竹の秋

令和5年5月28日掲載

どっこも春じゃなあ！

田螺入りカレーライスんうめかった

田螺入り　カレーライスは　美味しかった

令和4年4月29日作

そりゃあ　あんた
贅沢じゃわ！

ツバナいま白線引いちヨーイドン

茅花いま　白線引いて　ヨーイドン

令和5年3月21日作

くんずいち種蒔く人んひじいこつ

うつむいて　種蒔く人の　きついこと

令和4年5月23日作

首も腰もだっちしまうわ！
だっち＝疲れて

大分弁こげえ活かしち鳥雲に

大分弁　こんなに活かして　鳥雲に

「大分弁俳句」の創始者である吉田寛さんが、令和4年4月17日に63歳の若さで急逝された。それを悼んで毎日新聞大分支局が、追悼句を募集して応じたものです。（吉田寛は、大分県臼杵市の出身。コピーライター。麦焼酎「なしか」が有名。）

令和4年4月31日掲載

寛ちゃん！　ありがとう！

青空を被っちどこまじ菜の花は

青空を　被ってどこまで　菜の花は

令和4年4月19日掲載

元気いっぱいじゃ！

菜(な)の花(はな)んスタートラインつうじいく

菜の花の　スタートライン　走って行く

令和4年4月27日掲載

菜の花ん伴走(ばんそう)じゃきなあ！
じゃき＝だから

行(い)ききらん猫(ねこ)の目草(めそう)に見られちょら

行けないよ　猫の目草に　見られてる

令和4年5月2日掲載

猫ん目んごたるきなぁ！

花まつり白(しり)い象(ぞう)ん置(お)かれちょる

花まつり　白い象が　置かれてる

令和3年4月19日掲載

母(かあ)ちゃんの腹(はら)ん中(なけ)ぇ象が入ったんち！

上向(うえむ)いちしゃんと歩(ある)こう花水木(はなみずき)

上向いて　しゃんと歩こう　花水木

棘(とげ)忘(わす)れええらしい薔薇(ばら)に騙(だま)さるる

棘忘れ　美しい薔薇に　騙される

ぼーとしち春(はる)んパノラマ夕景色(ゆうげしき)

ぼーとして　春のパノラマ　夕景色

令和3年5月18日掲載

花に負けちょられん！

令和4年6月21日掲載

ええらしいんは
気をつけんとな！

令和4年3月22日掲載

深呼吸じゃ〜！

春ん立つ別府ん涛立てとんじきな

春が立つ　別府の涛立て　走ってね

「第70回記念別府大分毎日マラソン大会」の出場選手を励まそうと「大分弁マラソン俳句」を毎日新聞社が募集し、佳作に入選した句。

令和4年1月29日掲載

何もかも育てているぞと春ん雨

何もかも　育てているぞと　春の雨

雨んお陰じゃきなぁ！

令和4年3月1日掲載

連名のバレンタインチョコ俺んのは

連名の　バレンタインチョコ　私のは

皆から好かれち
いいじゃねえな！
本命も混じちょるちゃ！

令和4年11月24日作

揚げ雲雀「どこなどこな」ち妻ん言う

揚げ雲雀　「どこにどこに」と　妻が言う

令和3年2月16日掲載

山藤んシャンデリアんごつなっちょるで

山藤が　シャンデリアのように　なってるよ

ほんとなぁ！

令和4年6月6日掲載

蛇苺食うたらいけんち弟が

蛇苺　食べたらいけないと　弟が

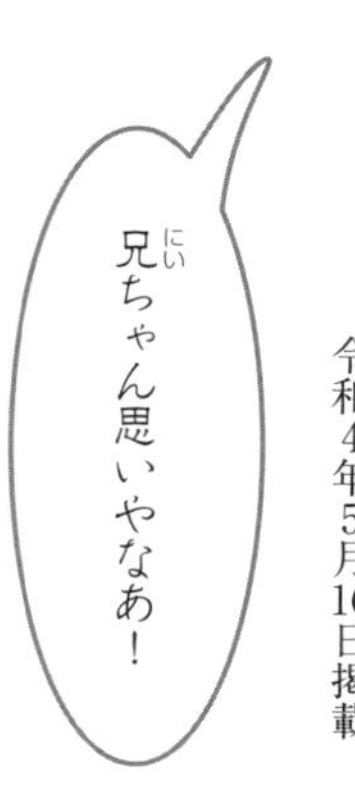

令和4年5月16日掲載

豆ん花蔓からませち誇りおる

豆の花　蔓からませて　誇ってる

嫁菜飯いい色合いじ香りしち

嫁菜飯　いい色合いで　香りして

令和3年5月11日掲載

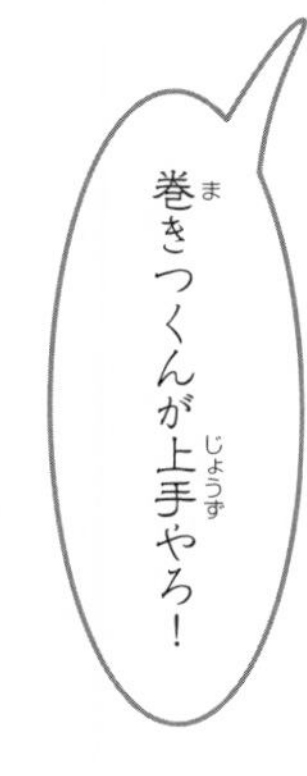

令和5年4月4日掲載

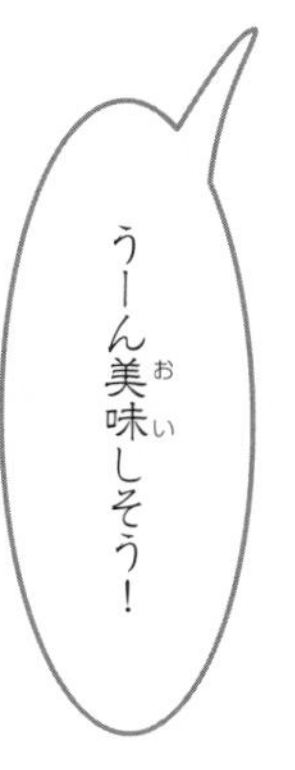

夏

夏

故郷(ふるさと)ん山(やま)を写(うつ)しち青田(あおた)かな

故郷の　山を写して　青田かな

令和5年6月6日作

啄木(たくぼく)んごたるなぁ！

グライダー青嶺（あおね）目指（めざ）しちテイクオフ

グライダー　青嶺目指して　テイクオフ

令和5年9月21日掲載

飛んだでぇ！
気持ちいいでぇ！

日田（ひた）盆地（ぼんち）竹田（たけた）盆地ち暑（あち）いなる

日田盆地　竹田盆地と　暑くなる

令和4年7月18日作

日本一暑（あち）いきなぁ！

こん坂を蟻（あり）ん強（つよ）さじ這（は）い上がる

この坂を　蟻の強さで　這い上がる

令和4年7月27日掲載

蟻に負（ま）けんごつせんとなあ！

長(なげ)え坂(さか)こき来(き)なあえち泉(いずみ)かな

長い坂　ここに来たらと　泉かな

令和4年6月20日作

命(いのち)ん水やきなあ！

海(うみ)ん日(ひ)も私(わたし)は山(やま)じ息(いき)しおる

海の日も　私は山で　息してる

令和4年6月24日作

海に行きてえけんどなぁ！

柿(かき)ん葉(は)んただ明(あか)るさん嬉(うれ)しいじ

柿の葉の　ただ明るさの　嬉しくて

令和4年6月28日掲載

でむしん通っち来た跡光りおる

かたつむり　通って来た跡　光ってる

令和4年8月3日掲載

人間もこげえありてえなあ！

スーパーんカブト虫ん値雄三倍

スーパーの　カブト虫の値　雄三倍

令和4年7月17日作

角がものを言うきなぁ！

鍬持っち飛び出しち行く喜雨ん中

鍬を持ち　飛び出して行く　喜雨の中

※喜雨は、日照りが長く続いてようやく降り出す雨のことです。

令和4年7月20日掲載

おお！ありがてぇ！

クーラーやどんの首見ち飯食ぶる

クーラーや　うなじ見ながら　飯食べる

※うなじは、首のうしろの部分。首すじ。えりくび。

令和5年9月2日作

草刈りを四時間もしちだりいなる

草刈りを　四時間もして　だるくなる

令和3年8月24日掲載

ようするわ！

あげえ肥えよう飛びきるなコガネムシ

あんなに太り　よく飛べるなあ　コガネムシ

令和4年7月20日掲載

ほんとなあ！

母ん言う「コチョコチョの木」ちゃ百日紅

母が言う「コチョコチョの木」とは　百日紅

令和5年9月7日掲載

こそぐりとうなる
きいなぁ！

紫蘇を干し大事になおす母んおる

紫蘇を干し　大事に仕舞う　母がいる

令和4年6月27日作

母ちゃんはようするなぁ！

かべなしじ新茶を炒っち揉んだこつ

軒下で　新茶を炒って　揉んだこと

令和4年8月28日作

良い香りやろうな！

畔切っち涼しゅうなったち赤トンボ

畔を切り　涼しくなったと　赤トンボ

令和4年8月18日掲載

すっきりしたきいなぁ！

故郷んポンポンダリヤ有難え

故郷の　ポンポンダリヤ　有難し

令和5年7月15日作

故郷ちゃ　いいなぁ！

梅雨ん闇さらに深めちおじいなる

梅雨の闇　さらに深めて　怖くなる

令和5年7月6日掲載

暗えきなぁ！

夏

梅雨明けち髪切りに行くバイクじな

梅雨明けて　髪切りに行く　バイクでな

令和5年8月17日掲載

すっきりするでぇ！

忘れてえこつが次々梅雨じめり

忘れたい　ことが次々　梅雨じめり

令和4年7月19日掲載

忘れきらんじなぁ！

いい顔じよこう人おる大夏木

良い顔で　憩う人いる　大夏木

令和4年7月5日掲載

陰は涼しいきな！

夏

夏霧ん山持ち上げち清々し

夏霧が　山持ち上げて　清々し

令和4年7月12日掲載

演出は霧で！

青い空一直線に夏ツバメ

青い空　一直線に　夏ツバメ

令和5年8月31日掲載

気持ちんいいなぁ！

夏野来ちそん青いんにおじいなる

夏野来て　その青いのに　怖くなる

大賞

令和5年8月3日掲載

美し過ぎてん、
おじいきなぁ！

評　季語は夏野。「おじい」は「恐ろしい」という大分弁。緑深い夏草茂るさまを怖いとするのは、美しいの言葉では足りない美しさの表現になっています。

（選者　宮崎和恵　評）

夏山に雲湧いち来ち急ぐ農

夏山に　雲湧いて来て　急ぐ農

国と国結べと願う朝ん虹

国と国　結べと願う　朝の虹

箱庭んこき椅子二脚置いちみる

箱庭の　ここに椅子二脚　置いてみる

令和4年6月21日掲載

ひと雨来るで！

令和4年6月22日掲載

早う戦争が終わらんかのう！

令和5年7月11日作

座っちみてえ！

夏

村(むら)んしはどきいおるんか走(はし)り梅雨(づゆ)

村の人　どこにいるのか　走り梅雨

令和5年6月24日掲載

もうすぐ田植(たう)え
ちゅうになあ！

ハンゲショウ半分化粧(はんぶんけしょう)しち誰(だり)い会(あ)う

ハンゲショウ　半分化粧して　誰に会う

令和5年8月10日掲載

あんししかおらんで！

田(た)ん中(なけ)え日傘(ひがさ)ん歩(ある)く二人連(ふたりづ)れ

田の中に　日傘が歩く　二人連れ

令和5年8月24日掲載

田んぼに映っちょんやわぁ！

ヒゴタイん紫色（むらさきいろ）ん涼（すず）しさよ

ヒゴタイの　紫色の　涼しさよ

令和5年6月29日作

チクチクするけんどなあ！

腹（はら）減（へ）っち　何でん食（た）ぶる　プール後（あと）

腹が減って　何でも食べる　プール後

令和4年8月10日掲載

水泳ん後は腹がへるきいな！

箒草（ほうきぐさ）丸（まる）さまとめち青々（あおあお）と

箒草　丸さまとめて　青々と

令和3年7月13日掲載

コキアは可愛いきなぁ！

眠(ねみ)いなる寝(ね)るな寝(ね)るなち時鳥(ほととぎす)

眠くなる　寝るな寝るなと　時鳥

令和5年7月13日掲載

「オッキヨ　オッキヨ」っちな！

お盆(ぼん)じゃにさっかりだきい雨(あめ)ん降(ふ)る

お盆なのに　次から次に　雨が降る

令和4年8月24日掲載

うっとうしいなあ！

毎日(まいにち)ん豆飯(まめめし)んじょうじせちいなる

毎日の　豆飯ばかりで　嫌(いや)になる

令和5年7月20日掲載

贅沢(ぜいたく)言わんのでぇ！

少年（しょうねん）に中々（なかなか）捕（と）れんオニヤンマ

少年に　中々捕れない　オニヤンマ

令和5年9月28日掲載

捕れんけんいちべぇ
欲（ほ）しいじな！

夕立（ゆうだち）ん来（こ）んごつなっち久（ひさ）しいで

夕立の　来なくなって　久しいよ

令和5年7月15日作

たまにゃ降（ふ）っちくれん
となぁ！

はびこっちしとめんごつなる虎耳草（ゆきのした）

増えて来て　手に負えないよ　虎耳草

令和4年6月15日掲載

あんまり増えてんなぁ！

夏

自(みずか)らん重(おも)みに耐(た)えち百合(ゆり)ん花(はな)

自らの　重みに耐えて　百合の花

令和5年9月7日掲載

花が大きいんじゃわ！

緑陰(りょくいん)にお陰(かげ)さまち言(い)いとうなる

緑陰に　お陰さまと　言いたくなる

令和5年7月22日作

ホッとするきぃなぁ！

冷蔵庫(れいぞうこ)西瓜(すいか)を盗(と)っち笑(わら)いおる

冷蔵庫　西瓜を盗って　笑ってる

令和5年5月31日作

切(き)り口(くち)ん笑いおるなあ！

白百合ん純潔っち云う花言葉

白百合の　純潔と云う　花言葉

令和4年7月19日掲載

すっと立っちょるきな！

夏

逆さ根子写しちしこる稙田かな

逆さ根子　写していばる　稙田かな

※根子とは、熊本県阿蘇市と高森町の境にある根子岳のことです。この山は、ギザギザした山容で著者の好きな山です。東峰（1408m）によく登ります。イワカガミという高山植物を、ここで知りました。

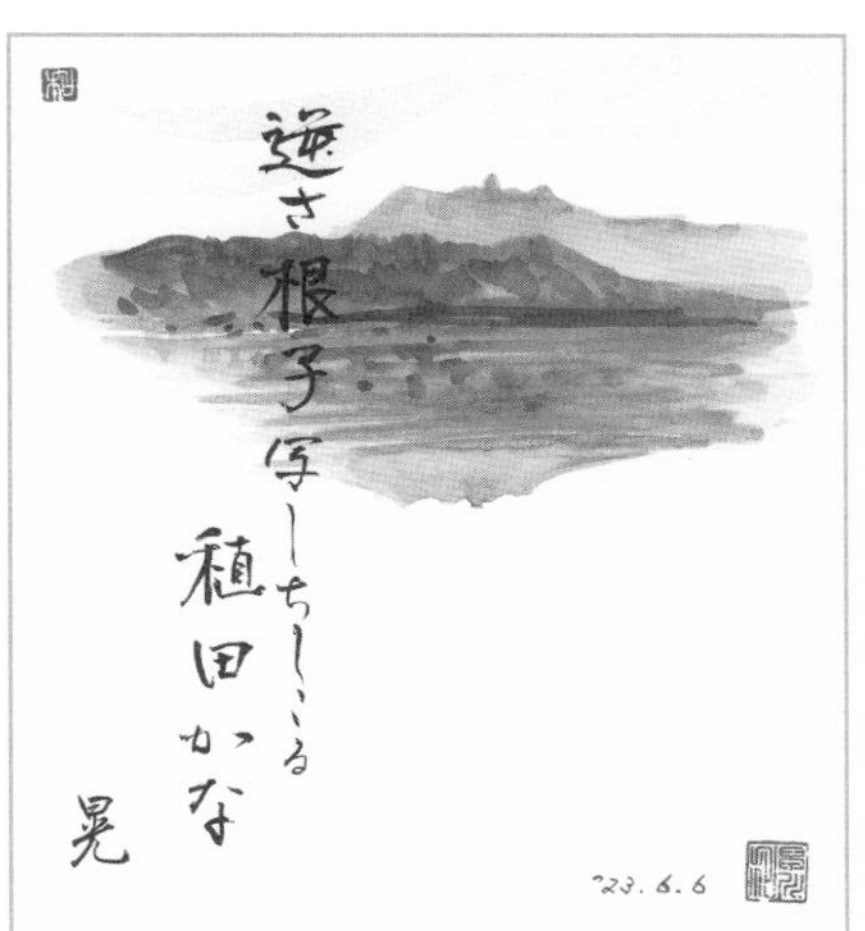

令和5年6月13日掲載

秋

二日酔(ふつかよ)いきつねうどんじ秋暑(あきあつ)し

二日酔い　きつねうどんで　秋暑し

令和3年9月14日掲載

コンバイン止(と)めち修理(しゅうり)か秋暑し

コンバイン　止めて修理か　秋暑し

令和3年10月19日掲載

こん暑(あち)い中じなぁ！

秋(あき)ん蚊(か)んむぞぎいけんど叩(たた)くきな

秋の蚊は　かわいそうだけど　叩くからね

令和4年8月9日掲載

小説（しょうせつ）を読（よ）みとうなるで秋ん風

小説を　読みたくなるよ　秋の風

令和4年9月6日掲載

薄（うし）いなり鱗（うろこ）になっち秋ん雲

薄くなり　鱗になって　秋の雲

令和3年10月5日掲載

秋じゃなあ！

早（は）よ撮（と）らな秋（あき）ん夕焼（ゆうや）けじき終（お）わる

早く撮れ　秋の夕焼け　すぐ終わる

令和4年8月16日掲載

つるべ落（お）としち云（い）うきなぁ！

少しでんこぼしたらいけんで新走

少しでも　こぼしたらいけないよ　新走

※新走とは新酒のことです。

令和4年9月28日作

うめえきな！
勿体ねえきなぁ！

風ん道ここちゃここちゃち稲揺らす

風の道　ここですここですと　稲揺らす

大賞

評　季語は「稲」。「ここちゃ（ここですよ）、ここちゃ」の大分弁がユーモラス。実りの秋、黄金色の稲穂が風に揺れる様子が目に浮かぶ句です。

（選者　松井督治　評）

令和4年9月28日掲載

風は目に見えんけどな！

鰯雲山ん向こうもいわし雲

鰯雲　山の向こうも　いわし雲

令和2年10月5日掲載

広い空じゃなぁ！

秋

どこまじも送っち行きてえ送り馬

どこまでも　送って行きたい　送り馬

※盆の時にキュウリや茄子に脚をつけて馬や牛にします。「馬にはこの世に早く来てもらい、牛にはあの世にゆっくり帰ってもらいたい」という願いが込められています。

令和5年9月14日掲載

秋

自分じゃ柿むききらん文句爺

自分では　柿を剥けない　文句爺

柿紅葉器に添えち彩りに

柿紅葉　器に添えて　彩りに

柿紅葉食卓に置き叱られち

柿紅葉　食卓に置き　叱られて

令和4年10月25日掲載

また怒られよん！

令和3年10月12日掲載

粋やなあ！

令和4年10月18日掲載

こん美しさん
分からんきなぁ！

架け稲を済ませち笑う人ん顔

架け稲を　済ませて笑う　人の顔

令和4年11月1日掲載

終わっち良かったなぁ！

稲架組んじほうと息つく老女おる

稲架を組み　ほうと息つく　老女いる

令和4年11月15日掲載

これからがきちいきな！

割ってまじ南瓜をくるるときい住む

割ってまで　南瓜をくれる　所に住む

令和3年9月28日掲載

人情味があるなぁ！

届かんじ尚更欲しい烏瓜

届かなくて　尚更欲しい　烏瓜

令和2年12月15日掲載

秋

啄木鳥ん連打を止めち森静か

啄木鳥の　連打を止めて　森静か

衣被つんむき芋ち言いおった

衣被　つんむき芋と　言ってたよ

蜘蛛ん糸枯れ葉ん展示しおるきな

蜘蛛の糸　枯れ葉の展示　してるから

令和3年12月7日掲載

リズミカルやなぁ！

令和4年9月26日作

つるりんとなぁ！

令和4年9月7日作

クモん巣美術館でえ！

秋

入道（にゅうどう）んチカラ瘤（こぶ）なり雲（くも）ん峰（みね）

入道の　チカラ瘤だよ　雲の峰

令和2年11月17日作

もう少（すこ）し豊（ゆた）かに暮（く）らしてえ雲（くも）ん峰（みね）

もう少し　豊かに暮らしたい　雲の峰

令和5年8月24日作

するすると栗鼠（リス）さま通過（つうか）今朝（けさ）ん秋（あき）

するすると　栗鼠さま通過　今朝の秋

令和3年8月31日掲載

可愛い！

若え日ん母ん香んする牛蒡そぐ

若い日の　母の香のする　牛蒡そぐ

令和3年3月5日掲載

土臭ぇけんど、いいなあ！

椎ん実ん落ちちわずかに弾みおる

椎の実の　落ちてわずかに　弾んでる

令和2年12月1日掲載

来年も来なあえっち秋燕に

来年も　来て下さいと　秋燕に

※秋燕とは、春に渡ってきた燕が秋に南方へ帰ってゆくことをいいます。

令和3年11月19日作

待っちょるでぇ！

紅(あけ)え実(み)んこげえ集(あつ)まり南五味子(さねかずら)

紅い実の　こんなに集まり　南五味子

作句日不明

鷺草（さぎそう）ん嘴（くちばし）まじが鷺んもの

鷺草の　嘴までが　鷺のもの

令和3年10月12日掲載

著者撮影

秋

まん丸ん西瓜に包丁入るる時

まん丸い　西瓜に包丁　入れる時

令和3年11月24日作

パカァち割るるきなあ！

名月も育てち米もうめえこつ

名月も　育てて米も　美味しいよ

令和2年10月27日掲載

月も米もいいな！

月の舟乗っちゆっくり遠い国

月の舟　乗ってゆっくり　遠い国

※月の舟は、弓張月のこと。

令和4年10月4日掲載

いい夢見るわ！

蕎麦（そば）ん花根子岳（ねこだけ）まじも続（つづ）いちょる

蕎麦の花　根子岳までも　続いてる

令和5年9月17日作

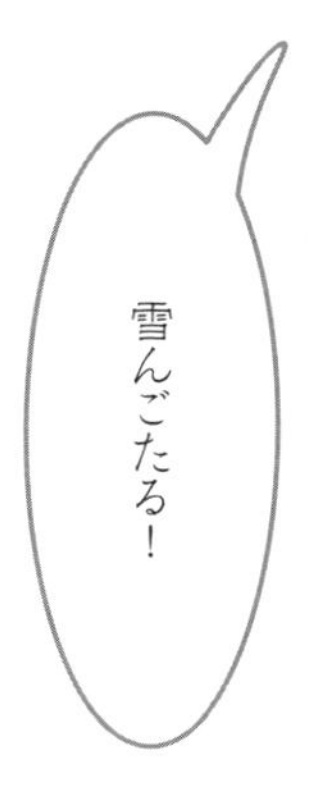

上品（じょうひん）なつくつくほうしんシースルー

上品な　つくつくほうしの　シースルー

スマートやきなぁ！

令和5年8月20日作

せちいなるつくつくほうし鳴（な）き尽（つ）くす

嫌（いや）になる　つくつくほうし　鳴き尽くす

令和3年9月21日作

尾（お）を断（た）てる蜥蜴贄（トカゲにえ）にしち百舌（もず）ん馬鹿（ばか）

尾を断てる　蜥蜴贄にして　百舌の馬鹿

令和3年8月25日作

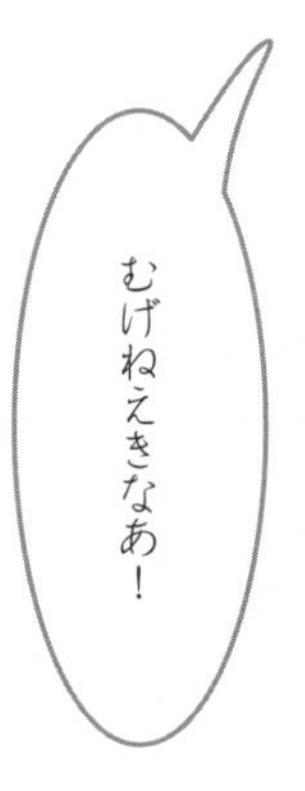

露草んもこはびびんこじ何見おる

露草の　子は肩車で　何見てる

大けな空見おるで！

令和3年12月24日掲載

著者撮影

露草んミッキーマウスこげえおる

露草の　ミッキーマウスが　こんなにも

ミッキーん大行進！

令和4年10月12日掲載

梨噛んじさくさくとしち口に良い

梨噛んで　さくさくとして　口に良い

令和3年9月7日掲載

どん店も安いもんから梨並べ

どの店も　安いものから　梨並べ

令和4年8月23日掲載

安いように見せんとなぁ！

雨降ってん人呼び寄せち彼岸花

雨降っても　人呼び寄せて　彼岸花

令和4年9月27日掲載

魅力的じゃきなぁ！

秋

葡萄ん皮食べらるるのと食べられんのと

葡萄の皮　食べられるのと　食べられないのと

令和3年11月2日作

こん坂を登り切ったら星月夜

この坂を　登り切ったら　星月夜

※星月夜とは、月のない夜空が星明りで月夜のように明るいことをいいます。この句集の副題に採った句です。

令和4年9月20日掲載

頑張ったら後がいいでぇ！

星月夜いいこついっぺえ降っち来い

星月夜　良いこと沢山　降って来い

令和4年9月13日掲載

なあえ！

誰(だれ)かれんとっぱを言うち盆帰省(ぼんきせい)

誰かれも　でたらめを言う　盆帰省

令和4年8月30日作

みんな揃(そろ)うち楽しいきなぁ！

狸(たぬき)来(き)ち狐(きつね)まじ来(く)る村祭(むらまつ)り

狸来て　狐まで来る　村祭り

令和2年11月4日掲載

人がおらんごつ
なったきなぁ！

三百年超(こ)しち鎮守(ちんじゅ)ん照(て)る紅葉(もみじ)

三百年　超して鎮守の　照る紅葉

※鎮守は、その地を鎮(しず)め守る神。またその社(やしろ)。

令和2年11月17日掲載

有(あ)り難(がて)え神木(しんぼく)じゃ！

裏道(うらみち)でん紅葉見(もみじみ)られちふがよかった

裏道でも　紅葉見られて　運(うん)が良い

令和3年9月30日作

裏道じ良かったなあ！

淋(さび)しいじ紅葉山(もみじやま)から木霊(こだま)呼ぶ

淋しくて　紅葉山から　木霊呼ぶ

令和4年11月8日掲載

ヤッホー！

夜学生酒飲(やがくせいさけの)んじまじ学校(がっこう)へ

夜学生　酒飲んでまで　学校へ

令和3年9月14日作

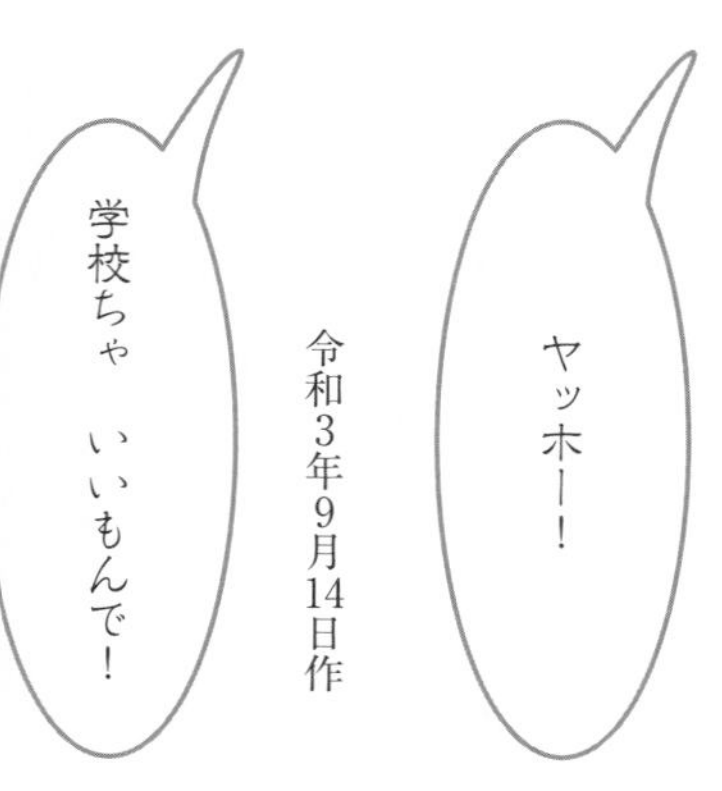

柚子(ゆず)熟(う)れちふるさと日和(びより)になっちょるで

柚子熟れて　ふるさと日和に　なってるよ

令和3年11月16日掲載

著者撮影

秋

スーパーじ林檎（リンゴ）ん名前（なまえ）書（か）き留（と）むる

スーパーで　林檎の名前　書き留める

令和3年2月9日掲載

そしち句（く）にするんでえ！

籾殻（もみがら）ん香（か）を閉（と）じ込（こ）めち林檎箱（りんごばこ）

籾殻の　香を閉じ込めて　林檎箱

令和3年11月9日掲載

冬

こん上じ寝(ね)ちみとうなる敷(し)き落(お)ち葉(ば)

この上で　寝てみたくなる　敷き落ち葉

ふっくらしちょるきなぁ！

令和4年11月20日掲載

鴨(かも)ん来る川沿(かわぞ)い散歩(さんぽ)しとうなる

鴨の来る　川沿い散歩　したくなる

令和4年11月22日掲載

風吹(かぜふ)いち切(き)り干(ぼ)し大根(だいこ)ようでくる

風吹いて　切り干し大根　良(よ)く出来る

甘(あめ)えなるんで！

令和4年2月22日掲載

冬

干せる物皆干しちょるで小春ん日

干せる物　皆干してるよ　小春の日

令和4年12月15日作

小春日ん全く回らん風見鶏

小春日の　少しも回らない　風見鶏

※小春日とは、陰暦10月の異称。立冬を過ぎても厳しい寒さは未だ訪れません。春ではありません。

作句日不明

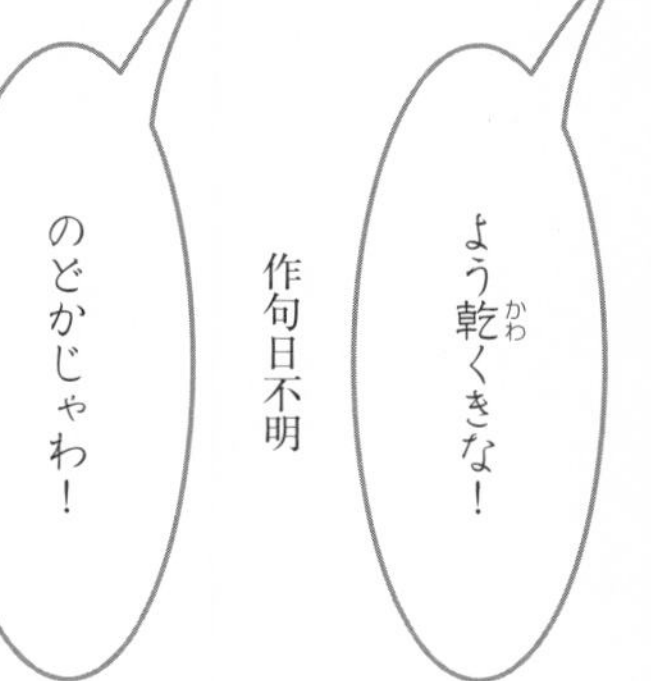

木枯(こが)らしんペットボトルを転(ころ)がしち

木枯らしが　ペットボトルを　転がして

寒(さみ)いでん童話(どうわ)一(ひと)つじ温(ぬき)いなる

寒くても　童話一つで　温(ぬく)くなる

宅配(たくはい)がサンタクロースち思(おも)う孫(まご)

宅配が　サンタクロースと　思う孫

令和4年12月20日掲載

ヨッ！木枯らし音楽隊(おんがくたい)！

令和3年12月28日掲載

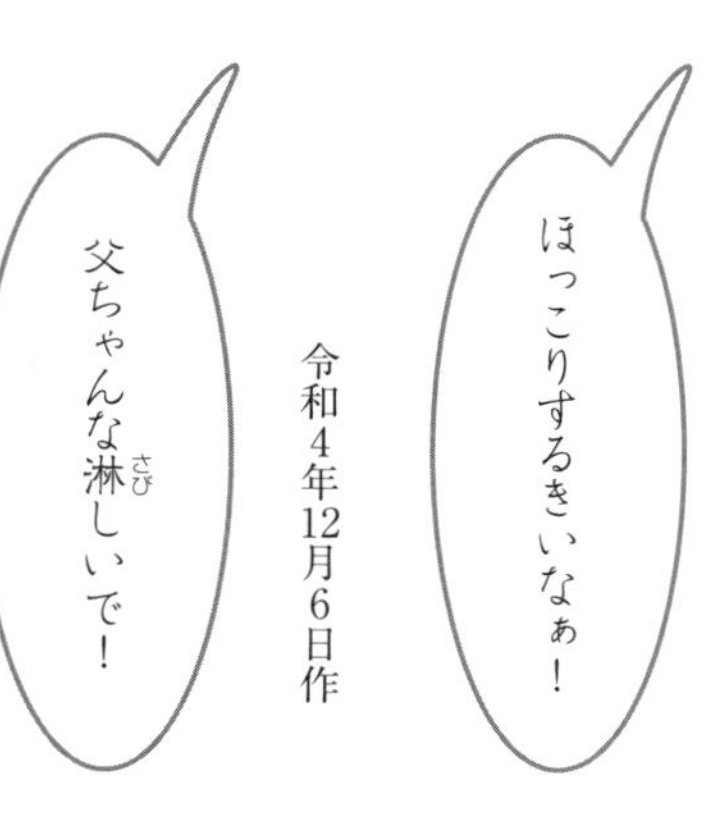

令和4年12月6日作

冬

霜降(しもふ)っちじりいなる道今(みちいま)はねえ

霜が降り　ぬかるむ道　今は無い

令和4年12月14日掲載

みな舗装(ほそう)されちょるきいなぁ！

霜柱蹴(しもばしらけ)っち回(まわ)った遠(とお)い日々(ひび)

霜柱　蹴って回った　遠い日々

令和4年1月4日掲載

そげなんが楽しかったなあ！

縁側(えんがわ)じ沢庵(たくあん)出(だ)しち「よこわんな」

縁側で　沢庵を出し「休みませんか」

令和3年2月2日掲載

素朴(そぼく)じゃなぁ！

年取りん晩じゃき言われんこつもある

年取りの　晩だから言えない　事もある

令和4年1月11日掲載

いい年にせんと
いけんきぃなあ！

煮凝りん出来ち喜ぶ母と住む

煮凝りが　出来て喜ぶ　母と住む

令和3年11月25日掲載

プルンプルンしちょる
きぃなぁ！

初時雨路面ちびっと濡らしちょる

初時雨　路面を少し　濡らしてる

大賞

令和4年12月6日掲載

評　季語は「初時雨」。「ちびっと」は「少し」、「濡らしちょる」は「濡らしている」という意味の大分弁。本格的な冬の訪れを感じさせる句です。

（選者　松井督治　評）

通り雨じゃきなあ！

春近し万歳しちょる大ケヤキ

春近し　万歳している　大ケヤキ

令和4年11月27日掲載

大きな大きな万歳じゃ！

日脚伸ぶちびっと遅らすやつがいを

日脚伸ぶ　少し遅らせる　晩酌を

令和4年11月28日掲載

呑んべえじゃきなあ！

冬木立すべてん音を透かしちょる

冬木立　すべての音を　透かしてる

令和2年12月22日掲載

透け透けじゃなあ！

寒鯉（かんごい）も飛（と）び出（で）えち見（み）る冬紅葉（ふゆもみじ）

寒鯉も　飛び出（だ）して見る　冬紅葉

令和4年11月29日掲載

風呂（ふろ）吹（ふ）きじ一杯（いっぱい）呑（の）んじ法螺（ほら）も吹（ふ）く

風呂吹きで　一杯呑んで　法螺も吹く

※風呂吹きは、大根や蕪（かぶ）を厚めに切って煮（に）たものに味噌（みそ）をかけ柚子（ゆず）を散（ち）らしてふうふう吹きながら食べます。

令和4年2月8日掲載

楽しければいいわあ！

水洟（みずばな）じピカピカん袖半纏（そではんてん）着（き）る

水洟で　ピカピカの袖　半纏着る

令和4年2月15日掲載

ひろついち餅(もち)を食(く)うき詰(つ)まるんで

空腹で　餅を食べるから　詰まるのよ

来(き)ちみたでケヤキ裸木(らぼく)ん明るさに

来てみたよ　ケヤキ裸木の　明るさに

令和4年11月30日作

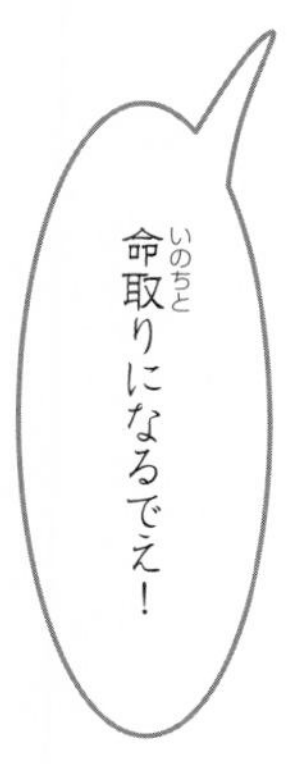

令和3年11月30日掲載

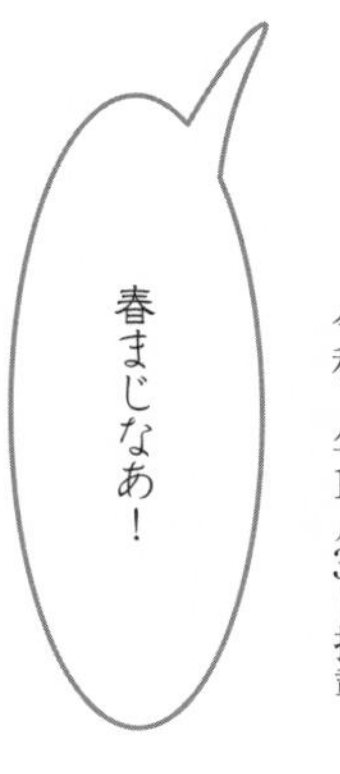

冬

あとがき

大分弁俳句は、毎日新聞の大分版に毎週掲載されています。選者が令和3年4月20日まで吉田寛先生、令和3年7月6日～令和4年12月20日は松井督治先生、令和5年4月12日からが宮崎和恵先生です。

これで二冊目の『大分弁俳句集』を上梓する事ができます。私をその意欲にかきたててくれますのは、第一句集『大分弁俳句集～物すべて丸うしちから～』を竹田市の道の駅・温泉施設に置いて頂くと毎日のように売り上げがありましたという報告があるからです。この出版不況の中にあって不思議な事です。

朝日新聞の一面に広告を出しました所、全国の方から「ユニークな本をありがとうございます」という内容の電話やら愛読者カードが届きました。俳句そのものも楽しいのですが、古田恵美子さんの掛け合い（ツッコミ）も楽しく、早川和先生の表紙絵・髙山奉子さんの俳画も句集に彩りを添えて頂き見るだけでも楽しいものにして頂いたお陰だと思っています。

方言を軽視するようになったのは、国語教育のせいだと思います。特に1879年独立国家だった琉球王国が廃され、沖縄県として日本に組み込まれました。沖縄県は言葉や風習などの「日本化」を進め、教育現場では「標準語励行」が進められました。沖縄語を使った者には「方言札」という「札」を首に掛けさせ、罰として掃除などをさせたようです。

ところが最近では、方言が見直されて来ています。大分県で交通標語の「飲んだらのれん」と書いた小さな暖簾がよく飲食店などに置いてあります。共通語にすれば「飲んだなら乗られない」とする所でしょうが、大分弁で表現することで親しみが湧きいけない行動を制御する意識までも養っています。標準語であったら、こんなに普及しなかっただろうと思います。大分弁を使うことで、ユーモアが生まれ個性的になり少しかわいくもなりました。心が和み気持ちがストレートに伝わるようにもなりました。方言は、共同体の会員証だと思います。「なしか」「いいちこ」という焼酎がありますが、これは大分弁で「なぜ」「いいよ」という意味です。この「大分弁俳句」の創始者であり選者でもあった亡くなられ

著者撮影

たコピーライターの吉田寛先生が名づけられました。「いいちこ」は、「下町のナポレオン」として全国の居酒屋で呑まれています。福井県の居酒屋を訪れた時に、「いいちこ」が置かれていて驚きました。

俳句は昭和54年（25歳）から倉田紘文先生に師事し、爾来大分合同新聞に投稿して来ています。倉田先生が選者をしておられた大分県玖珠町が募集している「第1回　全国児童生徒俳句大会」で教え子の「帰り花そこだけにある温かさ」という句で最優秀賞の文部科学大臣賞を頂きました。「初詣願いが白い木になりぬ」という句でも県知事賞を頂きました。そうした事が竹田市に認められて「第1回　竹田市文化創造賞」を私に贈って頂きました。こうした事が、当時大病で苦しんでいた私を前向きにしてくれました。

表紙の字を染色家辻岡快さん、挿絵を私の中学時代の恩師である早川和先生に描いて頂きました。毎日新聞「はがき随筆」の随友髙山奉子さんにも描いて頂きました。校正を佐藤義美記念館の学芸員、稙田誠さんに手伝って頂きました。記して感謝申し上げます。

２０２３年（令和5年）11月11日　筆者　記す

表紙字

辻岡　快（つじおか　かい）

1977年（昭和52年）福岡県飯塚市に生まれる
大分県芸術文化短期大学卒業
筆者の住む片ケ瀬で藍の栽培をしている

表紙絵・挿絵

早川　和（はやかわ　たかし）

1938年（昭和13年）大分県大分市に生まれる
1998年（平成10年）竹田市立南生中学校　校長　定年退職
2011年（平成23年）第46回大分県美展　大分県美術協会優賞受賞
2013年（平成25年）一水会　会員
2019年（令和元年）瑞宝双光章　受章
筆者の中学校時代の恩師

挿絵

髙山奉子（たかやま　ともこ）

1947年（昭和22年）大分県豊後大野市清川村に生まれる
2003年（平成15年）絵手紙を描き始める
現在　緒方町を中心に絵手紙講師をしている
筆者とは毎日新聞「はがき随筆」の髄友

掛け合い

古田恵美子（ふるた　えみこ）

1945年（昭和20年）大分県大分市佐賀関生まれ
1998年（平成10年）大分県芸術祭川柳部門　課題「抱く」
「群れを出た羊を抱きに行く教師」で県知事賞受賞
2022年（令和４年８月）大分合同新聞「花ならば多分私は鳳仙花弾けて翔んで夏空跳ねる」
優秀作品に選ばれる　筆者の詩の愛読者

著者紹介

油布　晃（ゆふ　あきら）

大分弁俳句　　筆名　あきちゃん

筆者近影

1954年（昭和29年）大分県竹田市に生まれる
1994年（平成６年）竹田市文化創造賞受賞
「佐藤義美賞」竹田童謡作詩コンクール
高校生の部 選者
「たけたまネットワーク」俳句コーナー　選者
2020年（令和２年）人がみな右向く怖さ敗戦忌　第14回平和・九条俳句大会大会賞
2021年（令和３年）詩集『すずめのバスケ』（銀の鈴社刊）出版
「ぬまづ文芸」詩部門　　「熟睡（うまい）」
最優秀賞　芸術祭賞受賞　選者　三木（みき）　卓（たく）
2022年（令和４年）句集『大分弁俳句集～物すべて丸うしちから～』（銀の鈴社刊）出版
ふたば賞　日本童謡協会　「雲は大きいな」　佳作
2023年（令和５年）柳波（海は広いな……作詞）賞群馬県沼田市教育委員会
「まきばのすずめ」佳作
一面の野に地雷なし土筆摘む　第17回平和・九条俳句大会　大分合同新聞社賞
大分県竹田市片ケ瀬408の４に在住

NDC 911
神奈川　銀の鈴社　2024
82頁 四六判 18.8cm（大分弁俳句集２―こん坂をのぼりきったら―）

銀鈴叢書
2024年１月16日初版発行
本体1,800円＋税

大分弁俳句集２
―こん坂をのぼりきったら―

著　　者　油布 晃©　　掛け合い人・古田恵美子©
表紙字・辻岡快©　表紙絵・挿絵・早川和©　挿絵・髙山奉子©
発 行 者　西野大介
編集発行　㈱銀の鈴社 TEL 0467-61-1930　FAX 0467-61-1931
〒248-0017
神奈川県鎌倉市佐助1-18-21 万葉野の花庵
https://www.ginsuzu.com
E-mail info@ginsuzu.com

ISBN978-4-86618-159-2 C0092
落丁・乱丁本はお取り替え致します
印　刷　電算印刷
製　本　渋谷文泉閣